窓よりゆめを、ひかりの庭を

Kurihara Hiroshi
栗原 寛 歌集

朔日叢書第85篇

短歌研究社

目次

窓よりゆめを、ひかりの庭を

窓よりゆめを、ひかりの庭を

さくらの森へ

アフガンストールを巻けば少年めく僕らさくらの森へあくがれてゆく

ふりかかるさくらのはなのひとひらのひとつのひらりひらりとびきつ

手のひらに花びらうけるしばらくをともに歩めばゆめもうつつも

ふるふると顔を揺らせばふるふると前髪にゐし陽が逃げてゆく

青空は広がりをれどあたらしき本をよごしてしまひたる昼

草のうへに寝転がるならあをき色に溶けゆくことも幸せとする

重ねたる手のあひだよりこぼれおちる時間の粒とわが心音と

まなうらに残れるひかりとどめたればこころのうちに珊瑚がひらく

伸びゆきて世界に腕をさしいだす樹のいのち永遠《とは》におだやかにあれ

樹の幹に

朝のしづくを分け合ひたればすずらんにのみ語りたるひみつのこひは
みづからをうしなはぬためさやうならを言ひに行く森のけやきの木まで

樹の幹に背中をあづけうつつより離れんとすれば若葉さやげり

うすあをき星をほつほつ灯しゆく花韮は空とよびかはしゐる

青き色の増えつつありてロベリアのさはなる花のまへにたたずむ

ひともとの烏野豌豆咲きたればみなうけいれてしまへるやうな

屋根のうへに腰をおろしてみはるかすみどりのかぎり息を吸ひこむ

れらみれらみしらみれしら

わが乗れる山手線がうつりをり切手博物館の窓それぞれに

陽はたかくあまねく地上に降りてきてゆかし高田馬場のシエスタ

駅ひとつ先に電車を降りてゆくひとりのまぶしき大人となりて

原宿のホームのベルと散りゆける花　れらみれらみしらみれしら

文庫本を支へるには中指がよいらしく向かひの席にふたりが並ぶ

かすかにも漏れくる曲は四分の三拍子　わが指うごきだす

この昼をいかに過ごしゐむ　よこがほがきみに似てゐる人を見かけて

新宿の大ガード下　陽の差して舞ひゐる綿毛のすがた見えくる

あたらしきものは白くて副都心線のホームにわれら漂白される

それぞれの繭にこもりて一列に携帯化粧読書睡眠

幅の広き背中を眺めつつ立てばエスカレーターは地上に着きぬ

定期券を更新したる月の夜また六か月約束をする

ジャケット

ゆるりゆるりと眠りてゐたり　手をからめとられて湖《うみ》の底へゆくごと

ひとりにはあらざる朝　とぎれがちになる眠りより覚めておもへば

湘南新宿ライン蛇行す目覚めきらぬ男をあまた内に抱きて

きみの部屋のにほひ沁みたるジャケットをかかへれば昼おもはゆくゐる

新宿の古き地名のゆかしくて花園に住む人思ひをり

半袖をふと着たくなる　折り返し電車にありて百合の残り香

乗り換へは三分なればけたたましく音立てて登りゆかむ階段

何本も山手線を見送ればひたすらに人の吐き出されくる

叩きつけなくても自動改札は開くSuicaをふはりとかざす

染井吉野がまなうらに散る「さくらさくら」と送られて駒込駅を出づれば

降りやまぬ雨

世界との壁をもうひとつ作るためベッドの傍のカーテンを引く

何もかも未定のままでしろき壁に遮られゐるごとき週末

見てしまひたる新聞の占ひにひとひじわじわと浸されてゐる

感覚を取り戻すためてのひらをやや湿りたる胸に這はせる

オフといふ言葉いぶかし　ひとひ雨の降りやまざればながめくらしつ

再来年の予定が埋まりゆくときにもろき約束のごとし手帳は

時計三つそれぞれに時を刻みゐてワルツを踊る昼も夜中も

ひたすらに雨を浴びをり人間もソメヰヨシノもひとしく濡れて

降りやまぬ雨にたちどまりゐる時間みづのやうには流れてゆかず

可口可楽

ためらへば取り残されて　傘をさしまた閉ぢるまで雨粒ふたつ

「口にすべし楽しむべし」と中国の人が讃へるコーラ飲み干す

及第にひとつ足らざる点数に合はせて五十九段ドッペル坂は

八重桜ぽつてりと咲くかたはらにぽつてりとこの身を沈めたき

ＢＣＧの痕をなぞりてはかなけれ脳裏にのこる皐月さゆらぐ

眼球に異物もて触れることさへも慣れて薄青きコンタクトレンズ

深き思想はあらざれど白きバレッタは夜に目立つなり窓にうつりても

この返事はあとにしようとふたをするやうに携帯電話を閉ぢる

折りたたみ傘を傘ではなくするときちひさく骨の折れる音する

雨粒を弾かなくなる白き傘　シャワーのあとのわが身を抱く

花言葉

新宿に青葉の公孫樹そよぐときも戦ひ止まずかの民族の

諏訪町の交差点には枇杷の木のありて日ごとに色が深まる

花言葉「怠惰」といふをうべなひてゐるとも思へず　まつばぎく咲く

花のなき季節に描きし樹の枝に白き花五つ六つ咲かせる

紫陽花を描きゐるひとあぢさゐの花のやうなる背中丸めて

眠りこみたる青年の肌やすけくてライフタウンをバスのゆく昼

デイパックを抱へて眠る木洩れ陽の記憶をやはきまつ毛にとどめ

月見草が背を伸ばしゐるゆふまぐれ土手のむかうの川を見たくて

少年の日日の記憶をたどりゆけば肌によみがへるつめたき真水

けふひとひの時間が白く残りをり銀の腕輪をはづしたるあと

砂のなかに溶け込むやうに眠りゆく葉桜が潮のごとく響けば

昼のうちにひつそりと地に降りてゐし六等星が夢に出できつ

恋よりもさきに身体が
はつなつの光まばゆし白きシャツに肩甲骨が浮きあがりたり
あたらしきみづの光れり陽が強くなるごとにプール開き近づく

噴きあがるみづのしぶきとおほぞらの求めるままにさらすからだは

噴水のしづまりかへる一瞬にみづのにほひのつよく残れり

空にむかひてからだひらけばはつなつの白詰草ときみにつつまる

きみの見てゐた海が見たくて同じやうに白き帽子を目深にかぶる

いつわれより離れゆきしか電車にむかひ手をふりし日の麦藁帽子

川沿ひに歩き来たれば常盤橋　河口にちかきみづは海のいろ

つかみきれぬ心のやうにすくひあげたれば滴りはじめるみづの

白きシャツよりまだ白き腕のぞかせてきみが手にしてゆかむはつなつ

恋よりもさきに身体があることを思ひて初夏の堤を歩む

帆のごとく風に吹かれてふくらめる真白なるシャツのきみを見送る

みづに濡れれば

あをあをと鉢よりあふれ目覚めればポトスが部屋をうづめてをりぬ

この朝に似合ふ言葉が見つからず歯を立ててあをき林檎をかじる

みどり色にかずかずありて街路樹のアカシアそよぎゐる真昼どき

さはさはとさやぐ街路樹　携帯電話をひらくと人を待つかほになる

白き布のみづに濡れれば肌の色の透けくるけはい夏となる日に

こどもとはつくづく水分多きものとなりの席に腕の触れゐて

うつくしきよこがほなりし少年期をおもはせてこの若きちちおや

動物園にむかふ電車はたのしくてこどものやうに窓のそと見る

＊

われを打てるシャワーのしぶき　止まるとき息ふきかへす蟬の鳴き声

風呂上がりの素足に乗ればば針のふるへ止まらずわれの体重揺れる

なかぞらに

うすあをきフィルターごしに見るやうな街なりすきとほる空気まとへば

風になるときを待ちをりからだごとそのなかに溶けこみてしまへる

かたちにはならぬ思ひをたづさへて橋をわたるに景色がゆれる

うつつとも夢ともわかずたまさかにみどりの流れにまかせてゆくも

秦野にはほほづき市の立つゆふべ　ひたひに浮かぶ汗をぬぐへり

その紙が日をかへしをり　橋の上にて青年がめくる詩集の

天守閣を登りてゆけばそのかみの男らの夢たちあがりくる

少し向きを変へたる風はゆふぐれを連れてくる犬の散歩のやうに

なかぞらに鴉の一羽はばたきを止めれば横に流されてゆく

思ひ出のなかに入りゆく手招きを誰かしてゐる灯ともし頃は

暮れ六つを鐘の告げをり波立てば濠より黒く鯉跳ね上がる

濠の鯉がいくども跳ねて橋のうへにくらき水底のかをりが届く

二宮神社去らんとすればはねあがりまた飛びこめる鯉の音する

たいせつにする順番

見えてゐるものは互ひに同じだとうたがはざりし　星がまたたく

両腕に空の重さを乗せてゐる「巨きな星の本」をひらきて

たいせつにする順番の異なりて星の話をつづけるきみの

夜の窓に視線をかはしたるひとと分かち合ひをり星のひとつを

世界ふとしづかになりぬ　きみが濃きくろき睫毛をふせたるときに

こぼれたるまつげひろへばしなやかにはりつめてゆく terra incognita

きみのかほの近くにありしときのこと見てしまひたる指輪まぶしき

手にとれば溶けてしまひぬいづこより剝がれ落ちたる宙《そら》の欠片は

片瀬江ノ島行きの夜には

自転車を乗り捨てて海へ駆けるときの脚しなやかに砂を蹴りあぐ

胸のうちに閉ぢこめてゐる夢のありて凪ぎたる海の瞬の間ひかる

逆光にきみを立たせて風景にをさめてしまふ思ひとともに

髪は藻にそろそろ変はりはじめゐむ仰向けに目を閉ぢて浮かべば

海にゐたる記憶を身体よりはがす冷たき真水のシャワー浴びをり

あたたかき手に触れられてゐるやうなタオルに裸の体ぬぐひつ

きみの言葉を受け取れざりし日の夜は星ひとつ手にあたためてみる

胸もとに星ひからせて瞑りゐる片瀬江ノ島行きの夜には

鞄のなかに

身めぐりの熱あがりゆく人間の雄としてこの肉をまとへば

ネクタイを外してゆくと男らはきつく結ひゐし熱を放てり

かなはざる恋ばかりして過ぎゆきし十代のわが性のいとしき

ざらざらと肌にまとはりつくごとく八月がけだるくさせてゆく四肢

ほのかにもみづのにほひの流れきて有楽町線の出口にむかふ

アンドロゲン増えつつあるか　ゆふだちに濡れたる身体もてあますとき

なみなみとコップに注ぎたる水をもてこの手に高田馬場沈めゆく

愛などと人らの軽く口にするゆふべ　気安くわれにふるるな

やさぐれといふ言葉ひそとささやくに歩幅広がる渋谷の夜は

胸板のうすき彼らの提げてゐる鞄のなかに明日がうづく

同じホームに最終を待ち内回りと外回りとに別れて乗車

ラムネの壜

たからものにふさはし青く曇りたるラムネの壜を割りてとりだす

喉を鳴らし飲み干ししのちラムネの壜　河原に散ればはかなき硝子

くちびるをやはくひらけるきみとゐる夕顔の蕾ほどける間

手のひらにつつみこむとき水の衣をまとへるきみの肌はさえゆく

さんだるを履きたる素足白くして岸に寄せくるみづに濡れをり

ひと夏のしるし明るきあなうらに鞣《なめ》されてゆく革のさんだる

合歓の葉のとぢようとしてゆふぐれは手をふれてゐつ頬のぬくみに

もう使ふことなくなりし三つ目の鍵がキーホルダーに光れり

明日のシャツ、明日のことばを選びゐるに風ははるかなるしじま運び来

いくつもの星座をひとり描きゆく灯りを消して見る天井に

琉球の音階やさし　聞こえくる三線《さんしん》の音は海が弾くらむ

かなたよりまぶたのうへに置かれたる手のひら眠れずゐる夜のため

まなぶたに夜のしづくの落ちてゆくわがうちがはのうるほへるまで

みづからのからだは夜に滲ませてくちびるに受けむ響きのしづく

ディストーション・ギター　～ある日の夢から

行き先は運命づけられてゐるさうで次の電車の Destination

あらはれる腕まぶしくて古びたるケースを運ぶわがギタリスト

わがうちに礫を投げるディストーション・ギターのやうに降つてくる雨

みづからの模倣に堕していくゆふべ鼻歌もいつか単調になる

きみの唇《くち》がくはへる煙草を取り上げるいま語るべき過去もあらねば

くちびるはすでにさびしい　煙草臭くなりたる指にたどりてゆけば

タンクトップ脱ぎゆくときにあらはれる胸の刺青《タトゥー》の黒くかがやく

愛するといふことの意味を思ひゐれば愛することが億劫になる

うつすらと髭の伸びゐて眠りゐる細きあぎとを指にてたどる

抱かれゐるあひだ触れられざりし耳　あたためてをりひとりになりて

いま誰にほほゑみかける破れたるジーンズを穿ききみの瞳は

明るき場所

歩きゆけば空がいつまでも明るくて新宿東口　人を欺く

女物のポケットはすべて飾りなればはみ出してゆく携帯電話

「人間狩り」の記憶まなうらに描きつつ眠りてゐたり移動時間を

握りたる手の記憶のみ浮かびきてその手の主の思ひ当たらず

終焉をむかへし世界をもういちど作りなほせるごとし都心の

生きる時間の人それぞれに異なりてどこにでもあり明るき場所は

思惑をとらへがたしもサングラス越しに見られてゐる気配して

癖の強き髪にからまる中指と人差し指のしづかなる節

手の甲と手のひらの色が違ひゐて夏のしるしと男の指は

手をひかれて進みゆく先にあるものを考へぬことにしてゐる今夜

十二時を過ぎても眠らざる人のひとりとなりて白き新宿

ぽつかりとひらける口のごとくにも地下へとつづく階段下りる

わがうちに育ちゆくものなまぬるき愛撫に似たる風をうけゐて

むらむらと湧きゐる胸をきみの前に曝せば夜の空気が湿る

剃刀をあてれば流れ出す痛み　身をめぐりゆく血をいとほしみ

ライヴ・ハウスの椅子

われを知る人のひとりもなき夜にぬくとしライヴ・ハウスの椅子の
疲れたる体しづめてゆく椅子にいつかとけこむ夢を見ながら

芋洗・狸穴《まみあな》　土のむせかへるにほひの記憶を掘り起こしゆく

にほひふと還りくる　深夜のタクシーにからだを滑りこませしときの

にんげんのゐたるあかしと灰皿に冷たくなりて吸殻くねる

わが夜にはよぎりゆくのみ歌舞伎町二丁目十九番地の教会

このさきにあるものは隠されてゐてあを白き坂のぼりゆく夜

マネキンとなる時が来るみづからの窓は閉ざしてきみに向かふと

のぞきこみても

まなうらに描けどとほき千三百年前の極彩色をこほしむ

千年のとき経てもなほ美しくあらねばならず悲劇の皇子《みこ》は

日光菩薩と月光菩薩と見あげゐるきみの瞳を追ひかけてみる

いつかうに視線の合はず半眼の仏像の目をのぞきこみても

いちどきにできあがりたる像といふ菩薩の長きおゆびはしなる

*

眠り方を思ひ出さんと撫でゐればわが夜に喉ぼとけあやしも

ゆびさき

ディスプレイに向かひて文字を打つたびにわが輪郭の糢糊となりゆく

どれもこれも合はぬ気のしてゐるままに一人称がいまだ決まらず

まじなひのごとくころがし手のひらにのせたり白き錠剤ひとつ

ひろひあげればむなしき恋のかへりくる破片は床に散らばしておく

冴えかへる夜のゆびさき　くちびるを重ねれば月の白さいや増し

頂点にむかひて滾る　せはしなき弓の動きに鳴るヴァイオリン

死んでもいいと I Love You を訳したるやうに今きみ、愛をささやけ

どこまでもきみの視界に捉えられて踊れる夜のグランギニョール

ゆびさきに思ひ出をたぐり寄せてみる恋は叶はぬときが優しく

くきやかに

自らが自らにあらざる朝方に低き声なる欠伸をひとつ

すでに色の褪せはじめゐる写真には揺籃時代閉ぢられてゐる

十年の月日が変へてきたるものは知らず　むかしの証明写真

錆止めは錆の色にて塗られゆきブランコ朱く変はりたる昼

片目ごとに検査がすすむ利き腕といふがあるやう利き目もありて

われ以外は障害物と決めつけてゆくほかはなし　池袋行く

もはやいま謎のごとしも　回り道をしてまで君とゐたかりしこと

訂正のシールのしたに何がある剥がしたくなるこころ抑へる

ビル風が吹き抜けてゆくその先を見送れば空　ぽつかりと月

圏外の文字くきやかに　ある夜は地下鉄の椅子にふかく眠れり

鱗を剝がす

肉体は明日にも滅ぶかもしれずこよひ冴えかへる月を見あぐる

月の弓を引きゐる男の剛き腕におさへこまれたり真夜のわが身は

ガードレールの反射鏡のみ見えてゐて車は夜を走りつづける

展望台より見下ろして砕けゐる波がしら風を受けつつ見つむ

みづからの小さきを思ひ知らされて海にむかへば轟けり胸

つかまへにゆかねばならぬ魚がゐて真白き舟は目の前にあり

航跡をひきゐる船も遠ざかり地上はやがて静止画となる

丸き窓より見下ろせばみづうみが広がる山と山のあひだに

ゆるやかに滅びるといふ　けれどまだあきらめるにはあたらしき蒼

胸のうちにてしきり吼えゐるわが獣　飛ぶべき刻を夜半につげくる

ひとりのみ醒めゐれば深夜わが身より鱗を剝がすひとつまたひとつ

てのひらのピアス

月光の曲弾きをれば水面にうつれる影がゆれるまぼろし

眠られぬままにひろげる楽譜よりあふれいづきみの描きたる音

しづかなるきみの瞳のそのままに響きくる蒼き海の旋律

つむがれし音を手さぐりにたどりゆけばゆびさきにしづくしたたりやまず

蒼きいろ灯りゐるなりみづみづと月をうつせる瞳のなかに

うつくしきくちびるをもてきみの言ひしことばのひとつ真夜かへりくる

星のかなたもきみとゆきたし翼ひろげて朝の明けくる時をとどめて

てのひらにのせたるピアス　土耳古とはとほきところとまなこをつぶる

フォルクローレ

てのひらにぬぐひもあへぬかなしみは午後のひたひをつと湿らせる

時が過ぎるのをひたすらに待つ午後に電車やうやく走りはじめつ

くるりくるりと変はりゆく空の雲を見てくるりくるりと身を翻す

嫌ふのと同じくらゐに嫌はれてをらむ青じそドレッシング振る

外つ国の真昼おもはせゆらぎゐる白銀葭《パンパスグラス》のびてゆく指

動く歩道の終はるところに吹きだまる枯葉　そこよりわれの逡巡

行く先はわかつてゐるよと言ひたさうに風がさらひてゆきたる一葉

街路樹のむかうに沈みゆく夕陽　亡き人のそこにいますがごとく

ユトリロの描きたる街を歩きゆけば思ひ出はほの白く光れり

人見知りのこどものやうに隠れゐし葉書いちまい鞄の底に

民族音楽《フォルクローレ》の流れゐる夜　歩きゆく誰ひとりともかかはりのなく

鉢植ゑの岩沙参《いはしやじん》ひとつ持ち帰る電車のなかに風を呼びつつ

小田急線が蛇に見える日

人間の影も消えたるゆふぐれに樹とわれと黒くつながりてゐる

チョコレートコスモスの花チョコレートの匂ひをさせて枯れてゆきたり

腐りゆくときにもつともかぐはしくテーブルのうへに置きたる林檎

わがものにあらざるやうに見てをりし合はせ鏡にうつれる顔を

近寄れば近寄るほどにとほざかりゆけり　デジタル・カメラの画像

きみはもう眠りゐるわけにはあらず棺に入れば死はまぎれなく

なきがらにこの世に残るものたちが捧ぐる花の凜凜しきかたち

人間にあらざる頬の冷たさが死ぬといふことの厳かさ見す

ほんたうの思ひはいづこにかくれたる遺志は生者の都合に合はせ

瞬きをくりかへしをり　ジョヴァンニのやうに気づけばひとりの列車

マネキンに化したるごとも人を待つ改札口にひとつよこがほ

回送の列車が過ぎるホーム暗く小田急線が蛇に見える日

ぱらぱらとひとり歩けば蛾のごとく自動販売機の明かりまで

にくしみをひらひらさせて歩くなりこころに翼もてぬ一日は

沈みゆく思ひをつれて歩きゐるわがうつしみとうづくまる鳩

背後にて硝子がくだけちるかとも　また不用意に鳴りだすピアノ

目の前に転がるものはわが骸　抜け殻のやうとはもろき比喩

うつくしき物語

まぼろしを見ることもなくなりたる日　きみ、うつくしき物語せよ

うつくしき物語せよ　眠られずゐる耳もとへくちびるをよせ

みづのごとやはらかき鬱　手のうちにこぽこぽこぽと湧きいでたれば

早足にすすんでしまふ夜なればきみの上着の裾をひつぱる

夜よりも深きみづうみとしてある瞳のなかにわれをとどめよ

そこからは帰りし記憶なきままに森に潜めりかの日のわれが

歌ふまへのきみがつぶやきたる響きマリアの話ほつりほつりと

マフラーにひとつ留まる白き羽根ダウンジャケットより離れ来し

ラフマニノフもチャイコフスキーも踊りゐて響きつづける露西亜の鐘が

白き鳥のはばたきやまず　どこからともなく響きくる鐘の音ありて

ともにありたきひとりのありて横たはるわがうつしみに露西亜は遠し

月球儀を指にてたどりゆく夜の明けずあれ二人のすがたこのまま

カムパネルラがさうしたやうに

鉱石のかけらをひろひあつめれば綺羅なんといふ蒼き星空

熱の記憶はるかに封じ込められて岩はしづかなる息をはきだす

上り電車に空きたる席の増えゆきてやはらかな空気つもる夜の底

東西線の夜に車輛をうつりゆくカムパネルラがさうしたやうに

窓越しに眺めて去りぬさつきまでひとり坐りてゐたる座席を

熱りたるからだ放てり　ロータリーにオリオン座からの風が吹きくる

街路樹は冬を迎へる姿勢して見すゑをり高きベテルギウスを

月をその身に透かせゐる冬木立のやうにからだをひかりにさらす

涯のなき夜と思へりきみの髪をなびかせてつめたき風のゆくさき
僕のものと決めて見てゐつひとつ星と高層ビルの窓のひかりを

雪

つなぎゐる手を離すにはほんのすこしの理由しかなく　雪降りはじむ

雪は高きより降りやまずあを白き花はいよいよ冴えかへりゆく

そのさきを言つてしまつたきみの目は見ぬことにする　紅茶冷めゆく

ドアをあけてしまへばひとりとひとりゆゑ耳の冷えゆく朝の歩道に

足元を見てをり靴の履き方で恋の仕方がわかるといへば

睫毛の先に雪のとどまるやうにしてきみと僕とがつながつてゐる

マフラーに頰をうづめて交はしたることば　半ばは白く流れつ

手のひらに降りたる雪の解けゆくにけふの記憶もともに溶けゆく

うまれ月

顔のみが残れる上野大仏の語り出づれば冬木さわだつ

大仏にまみえたるのちくだりゆく石の階段が歩幅に合はぬ

ものさびしき硝子のうちに月ひとつ星ひとつぶの新宿となる

山茶花のうすももいろにうまれ月二月の時間はしたしく降れる

羊水につつまれてをり　如月の誕生石を見つめてゐれば

父と母、子といふ役はかはらざるままに生れたる家古びゆく

さんじふと口に乗せればわがなづき三十歳を受け入れはじむ

少しづつ少しづつ老いてゆくことを両手に触れてあたためてゐる

見た目ほど僕が優しくないことを見透かされゐむみどりごの前

きのふとは違ふ自分を演じたくて髪の分け目をむりやり変へる

変拍子の曲に合はせて歩きゆけば世界はぐるり傾きはじむ

水晶時計

すきとほりゆける空気を吸ひこみて水晶時計うごきはじめる

朝あさに空気冴えわたる秒針の刻める音が耳に響き来

脱ぎ捨てて昨日のままの靴紐を結びなほしまた朝を漕ぎゆく

前日比プラス一度の東京はヘヴンリー・ブルー　風すきとほる

アスファルトに盛り上がりたる白き線を踏みゆくときに自転車ゆれる

あはあはと菰に囲まれ咲きをればつつまし冬の牡丹の無言

栗鼠も、きつと

一足を履きつぶすごとき恋をしてうるはしきこの少年の首

ありふれた言葉に倦んでゆく午後にきみの果実のひとつを僕に

寒緋桜の緋色に酔つて野良猫ののそりのそりと通りゆきたり

中心にひとつつめたきもののあり恋のはなしをして更ける夜は

くちびるは一匹の魚きらりきらりと胸のあたりを泳ぎゆくなり

日常の一部となればば痛みなどなくなりてゐる眉毛抜くとき

冷蔵庫から取り出すに鶏の卵は眠りつづけるばかり

愛のための合図があつて　ひまはりの種を頰張る　栗鼠も、きつと

靴を脱ぐやうに今夜を終はらせる術のなければ目を開けてをり

王女が王子に王子が王女になりてハッピーエンドとなるオペレッタ

そろりそろりと脱け出す扉　別れ来てきみと僕とにはじまる時間

SMAPの流れる夜のコンビニに体が春に変はらうとする

還りこぬ日日

店先にならぶエリカの花よりか西田佐知子の声が聞こえる

水原弘がこちらを向きてかまへゐる殺虫剤をよけつつ歩く

ちりちりと砂のまじれる音のしてテネシー・ワルツが霞をかける

飄飄と夜の更けゆきてうたひをりラジオのなかのいしだあゆみが

遠き日の声は再生されぬままカセットテープがのびてゆくなり

還りこぬ日日とはつねに閉ぢられてたとへば豊川誕《ジョー》のレコード

閉ぢられてゆくものがたり使ひゐし栞をひとつ捨てんとすれば

カーテン

カーテンを開ければ春があるはずの二階の窓にもたれかかれり

洞のやうなひとりの時間ひとつぶのチョコレート口にはふりこみたる

珈琲の最後の一口を残しつつ読みつぐ本のページをめくる

見てゐしが見られてゐたりうつむきて壁にかかれる写真のひとに

ひとりなる昼間とどこほりゐるわれの背中より人の出でゆく気配

次の世にもなれぬものとは知りながら欠伸する昼の猫になりたし

日常を真白くつつむひかり欲りて触れてをり姫空木の花に

さきの世はいづこにありしわれならむひとり異人館に時を過ごせり

土耳古石かすか揺れたり窓のそとを春の風ふきあれゐるらしく

窓よりゆめを、ひかりの庭を

いづかたを眺めてかわれに気づかざる窓辺のきみをとほく見てをり

手をのばしてもとほき場所わが窓に見おろしてゐるひかりの庭は

見つめゐる瞳もいつか光りゆく硝子細工を手のひらにのせ

手を握り見つめ合ひたることなども春の記憶にうすめられゆく

たどりゆく言葉のゆくへ追ひかけてもきみに見えて僕に見えない世界

ひとりゐてみはるかすのみひらかざる窓よりゆめを、ひかりの庭を

あとがき

『窓よりゆめを、ひかりの庭を』は、僕の第二歌集です。

第一歌集以降の二〇〇五年から二〇一一年の間に生まれた歌を集めました。

「朔日」や総合誌に発表したものを中心に、改めて構成したものです。

この時期、窓の内側から外を眺めては、手に触れることのできないものに対するもどかしさを、つねに感じ続けていたように思います。

僕の歌には、そこから見えたほんの些細なことしか残っていませんでしたが、優しく、痛く、温かく、切なく、現在の僕につながる時間であったことを感じます。

*

二〇一二年二月の誕生日に、三三歳になります。

三三歳の三月三日に、三三連、三三三首を集めて、三首組の歌集を作ろうと思い立ち、ようやく自分の短歌と向かい合うことができました。

まとめ終えて思うのは、自己表現の手段、などといったところから短歌をもっと羽ばたかせたい、ということです。

いまこそが、扉を開けなければいけない時なのかもしれません。この歌集は僕にとっての、「鍵」と言えるでしょう。

*

「朔日」の外塚喬代表、宮本永子様。短歌研究社の堀山和子様、菊池洋美様。

この歌集をお読みくださった皆様、そしていつも僕の背中を押してくださる方々。

この場をお借りして、心からの感謝を。

どうもありがとうございました。

グレゴリオ暦二〇一一年の三三三日目に。

栗原　寛

著者略歴

栗原　寛（くりはら・ひろし）

1979年　東京都生まれ

2001年　早稲田大学第一文学部文学科日本文学専修卒業

2005年　第一歌集『月と自転車』（本阿弥書店）出版、
現代歌人協会賞最終候補となる

2007年　新世紀青春歌人アンソロジー『太陽の舟』（北溟社）に参加

「朔日」同人、現代歌人協会会員

作詩

「永遠の蒼きわたつみ」（二宮毅作曲）

「このうたを未来へ」（信長貴富作曲）

「まほらの海を」（池上眞吾作曲）　ほか

検印
省略

朔日叢書第八十五篇

二〇一二（平成二十四）年三月三日　印刷発行

歌集　窓《まど》よりゆめを、ひかりの庭《には》を

定価　本体二五〇〇円（税別）

著者　栗《くり》原《はら》寛《ひろし》

郵便番号一七一―〇〇二二
東京都豊島区西池袋五―二四―一五

発行者　堀山和子

発行所　短歌研究社
郵便番号一一二―〇〇一三
東京都文京区音羽一―一七―一四　音羽ＹＫビル
電話〇三（三九四四）四八二二・四八三三番
振替〇〇一九〇―九―二四三七五番

印刷者　東京研文社
製本者　牧製本

ISBN 978-4-86272-271-3　C0092　¥2500E